L'espion qui venait du froid

John le Carré

Analyse de l'œuvre

Par Steve MacGregor

L'espion qui venait du froid

John le Carré

Rendez-vous sur lepetitlitteraire.fr et découvrez :

Plus de 1200 analyses
Claires et synthétiques
Téléchargeables en 30 secondes
À imprimer chez soi

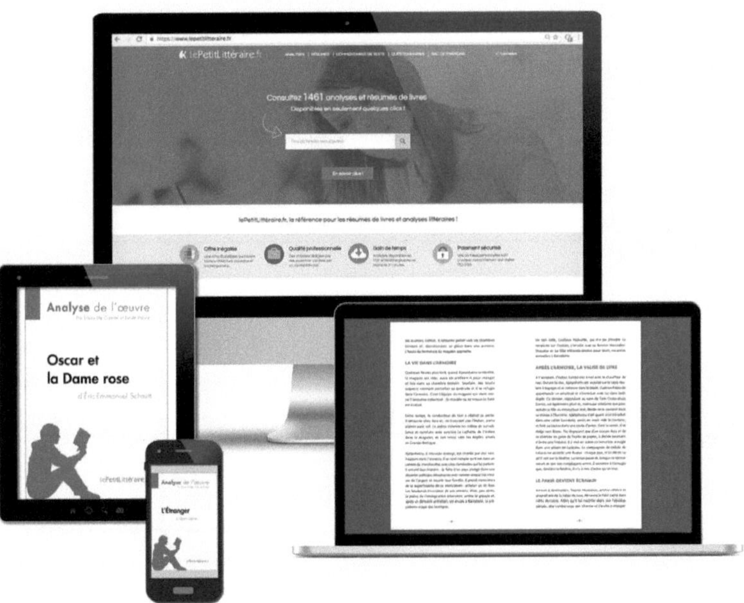

JOHN LE CARRÉ

OFFICIER DE RENSEIGNEMENT ANGLAIS, ÉCRIVAIN ET SCÉNARISTE

- **Né à Poole, au Royaume-Uni, en 1931.**
- **Travaux notables :**
  - *Tinker, Tailor, Soldier, Spy* (1974), roman
  - *Les gens de Smiley* (1979), roman
  - *The Constant Gardener* (2001), roman
  - *A Legacy of Spies* (2017), roman

John le Carré est le nom de plume de David John Moore Cornwell, romancier, nouvelliste et scénariste britannique, surtout connu pour ses romans d'espionnage qui ont été adaptés au cinéma, à la télévision et à la radio. Après une enfance perturbée par un père qui vit en marge de la loi et des expériences malheureuses dans une série de pensionnats, le Carré rejoint l'Intelligence Service de l'armée britannique alors qu'il est à l'université de Berne. Il retourne en Angleterre pour étudier à Oxford, où il travaille aussi secrètement pour le MI5, le service de renseignement britannique, en enquêtant sur les groupes de gauche et les éventuels agents soviétiques. Il enseigne brièvement avant de rejoindre le MI6 en 1960, et travaille pour ce service en Allemagne. Son premier roman, *A Call for the Dead*, est publié en 1961, et le succès international de *The Spy Who Came in from the Cold* en 1963 permet au Carré de quitter l'Intelligence Service en 1964 pour travailler à plein temps comme écrivain. Il continue à écrire de manière prolifique, créant le personnage emblématique du maître de l'espionnage, George Smiley, et son œuvre attire les éloges du public et de la critique en plus du succès commercial. Il remporte la médaille Goethe en 2011 et, en 2008, le journal *The Times* le classe 22e sur les 50 plus grands écrivains britanniques de l'après-guerre. Marié deux fois et père de quatre enfants, il vit aujourd'hui dans le Dorset et continue d'écrire.

L'ESPION QUI VENAIT DU FROID

LE CŒUR SOMBRE DE LA GUERRE FROIDE

- **Genre :** roman d'espionnage
- **Édition de référence :** le Carré, J. (2016) *L'espion qui venait du froid.* Londres : Penguin Modern Classics.
- **1ère édition :** 1963
- **Thèmes :** la loyauté et la trahison, l'autonomie, l'État et l'individu, la responsabilité personnelle et collective, les idéologies de l'Est et de l'Ouest, l'immoralité inhérente à l'espionnage.

Au début des années 1960, les romans d'espionnage britanniques jouissent d'une popularité mondiale. Les romans d'action de Ian Fleming, James Bond, se vendent moyennement bien depuis le début des années 1950, mais la sortie de la première adaptation cinématographique de *Dr No* en 1962, avec Sean Connery dans le rôle de Bond, les propulse au rang de best-sellers. *The Ipcress File*, le premier roman du nouveau romancier Len Deighton, est également publié en 1962, et il sera bientôt transformé en un film populaire. Cependant, une personne n'est pas satisfaite de la qualité des romans d'espionnage actuels. David Cornwell est un écrivain qui a publié deux romans policiers, et il estime que le travail de Fleming, Deighton et des autres n'est pas réaliste. Cornwell était bien placé pour le savoir : il était lui-même un espion travaillant en Allemagne pour le MI6. En 1962, le soir et pendant les pauses déjeuner, il écrit un roman très différent sur les espions et l'espionnage. *L'espion qui venait du froid* est un roman sombre, sans action ni gadgets, qui met en scène des personnages totalement amoraux. La familiarité évidente de l'auteur avec les institutions de l'espionnage britannique et est-allemand, ainsi qu'avec les techniques et le vocabulaire de l'espionnage, confère à ce roman une authenticité sans pareille. Les romans de James Bond étaient une simple évasion. *L'espion qui venait du froid* est un portrait effroyablement précis des réalités de l'espionnage dans le monde moderne.

Le livre se déroule principalement à Londres et à Berlin, qui, à l'époque, était située dans la République Démocratique Allemande (RDA) sous contrôle communiste, bien que la moitié ouest de la ville appartenait à la République Fédérale d'Allemagne et était contrôlée par la Grande-Bretagne, la France et les États-Unis. Le roman suit Alec Leamas, un agent des services secrets britanniques basé à Berlin qui se voit confier la mission de tuer Hans Dieter Mundt, un agent de l'Abteilung, les services secrets de la RDA. Pour se rapprocher de Mundt, Leamas prend une double identité, prétendant être éjecté des services secrets britanniques et sombrant dans l'alcoolisme et la prison avant d'être finalement recruté par des agents de la RDA comme transfuge. Le roman suit les rebondissements de la vie secrète de Leamas et du domaine de l'espionnage de la guerre froide, où les doubles affaires, les doubles croisements et les trahisons étaient monnaie courante et où les relations personnelles passaient nécessairement après les besoins des agences et des gouvernements concernés. Ce livre a remporté le Gold Dagger Award 1963 et le Edgar Award la même année, et continue d'être lu et apprécié aujourd'hui.

RÉSUMÉ

DÉCÈS D'UN AGENT

Alec Leamas, chef de la section des renseignements britanniques à Berlin, attend à Berlin-Ouest, près de la frontière avec l'Est, qu'un de ses agents s'enfuit vers l'Ouest. Karl Riemeck a transmis des informations de haut niveau aux Britanniques pendant un certain temps, mais il a été « *grillé* » – son identité est maintenant connue. Riemeck est l'un des nombreux agents britanniques à être démasqués, principalement par Hans-Dieter Mundt, le nouveau directeur adjoint de l'Abteilung, le service de contre-espionnage de la RDA. Riemeck apparaît et parvient presque à passer les différents postes de contrôle avant d'être abattu par les gardes-frontières sous le regard de Leamas.

Leamas est rappelé à Londres, où il rencontre Control, le chef du Circus, le surnom donné au service de contre-espionnage britannique dont le bureau principal est situé près du Cambridge Circus. Leamas a presque 50 ans et il suppose que la destruction complète du réseau d'espions britanniques en Allemagne de l'Est signifiera la fin de sa carrière au sein du Circus. Cependant, Control lui propose quelque chose de différent : une dernière mission, après laquelle Leamas pourra prendre sa retraite et abandonner son travail d'espionnage. Cette mission entraînera la mort de Mundt, mais Leamas devra faire semblant de faire défection et elle sera totalement secrète, même pour les autres membres du Circus.

Leamas accepte la mission et est affecté à la section bancaire du Circus, ce qui ne lui convient pas du point de vue du tempérament et des émotions. Sa consommation d'alcool, qui a toujours été un problème, s'aggrave. Son comportement devient erratique et il finit par ne plus venir travailler du tout. Les rumeurs à son sujet abondent – on pense que sa pension est beaucoup plus faible que ce qu'il avait prévu et qu'il est obligé de vivre dans des conditions sordides. On dit aussi que de l'argent a disparu de la section bancaire et que les enquêteurs souhaitent interroger Leamas.

Semblant avoir besoin d'argent, Leamas accepte un emploi dans une petite bibliothèque privée où il rencontre Liz Gold, une jeune femme juive qui est également membre du parti communiste. Leamas et elle deviennent amants, mais il agresse ensuite un commerçant et est envoyé en prison pour trois mois.

DÉFECTION ET DÉBRIEFING

Lorsque Leamas est libéré de prison, il est dans une situation désespérée – il n'a pas d'argent et nulle part où vivre, et il évite Liz. Bientôt, il vit dans la rue et dépense le peu d'argent qu'il a pour boire. C'est alors qu'il est abordé par un homme qui prétend non seulement l'avoir connu à Berlin, mais aussi lui devoir de l'argent. Leamas reconnaît que l'homme est un agent de l'Allemagne de l'Est, envoyé pour essayer de le recruter maintenant qu'il a apparemment quitté le Circus. Faisant semblant d'être complètement désenchanté par la Grande-Bretagne et les services secrets britanniques, Leamas accepte et est emmené en Hollande.

Leamas est longuement interrogé par un agent appelé Peters. Il est clair que Peters s'intéresse à l'espion Karl Riemeck, et plus particulièrement à la manière dont il a obtenu les informations qu'il a transmises aux Britanniques. Peters semble insinuer que Riemeck ne travaillait pas seul, ce que Leamas nie. Puis l'interrogatoire se déplace sur le travail que Leamas a fait dans la section bancaire. Peters est particulièrement intéressé lorsque Leamas décrit une opération dont le nom de code est *Rolling Stone* et qui consiste à placer de grosses sommes d'argent sur des comptes bancaires étrangers.

Peters semble croire que cette opération a été utilisée pour payer un autre agent britannique de haut niveau en Allemagne de l'Est, ce qui, selon Leamas, aurait été impossible – en tant que chef de section à Berlin, il aurait su s'il y avait un autre agent de haut niveau. Puis Peters informe Leamas qu'il est maintenant recherché en Angleterre. Leamas dit à Peters qu'il avait espéré que sa vente d'informations aux agents de la RDA resterait secrète et qu'il pourrait ensuite retourner en Grande-Bretagne. Mais c'est désormais impossible et Leamas accepte de se rendre en Allemagne de l'Est.

DERRIÈRE LE RIDEAU DE FER

Leamas est emmené dans un pavillon à la campagne près de Berlin où il est interrogé par Fiedler, le chef adjoint de la sécurité de l'Abteilung et le principal assistant de Mundt. Il devient vite évident que Fiedler soupçonne Mundt d'être un espion britannique et il interroge sans relâche Leamas sur l'opération *Rolling Stone* – Fiedler croit que l'argent versé sur des comptes étrangers était destiné à Mundt, ce qui, selon Leamas, aurait été impossible. Leamas sait que son refus de croire que Mundt pourrait être un espion contribuera à persuader Fiedler qu'il est un véritable transfuge et que Mundt est réellement coupable.

Un soir, les hommes de Mundt arrivent au pavillon et Leamas tue un jeune policier avant d'être arrêté. Il est brutalement interrogé par Mundt, qui prétend que Leamas fait partie d'un complot britannique visant à le piéger. Puis Mundt lui-même est arrêté et Leamas se retrouve sous la garde de Fiedler, qui lui explique que Mundt sera jugé devant un tribunal et que Leamas devra témoigner.

Lors de l'audience, Mundt continue de clamer son innocence, mais Fiedler produit un grand nombre de preuves circonstancielles qui suggèrent qu'il est un espion britannique. L'une des principales preuves est le témoignage de Leamas sur *Rolling Stone*, où l'on note que les heures et les lieux où l'argent a été déposé correspondent aux visites de Mundt aux mêmes endroits, où il aurait ensuite retiré l'argent déposé.

Les choses se présentent mal pour Mundt jusqu'à ce que son défenseur, Karden, appelle inopinément un nouveau témoin. Leamas est horrifié de voir que Liz Gold est amenée au tribunal.

ENDGAME

Liz est interrogée et admet qu'après que Leamas a quitté la Grande-Bretagne, elle a reçu la visite d'agents du Circus, qui ont accepté, entre autres, de l'aider financièrement jusqu'au retour de Leamas. Karden explique à la cour que cela prouve que Leamas travaille toujours pour le Circus et que sa défection a été mise en scène dans le but exprès de piéger Mundt.

Leamas est horrifié à l'idée que le Circus ait été assez stupide pour approcher Liz de cette façon, et dans une tentative de la disculper, il admet à la cour que Karden a raison, qu'il travaille toujours pour le Circus et que sa mission était d'impliquer Mundt comme espion britannique afin de le faire exécuter. Ce n'est qu'à la fin de son témoignage que Leamas réalise enfin la vérité – Mundt est vraiment un espion britannique et le but de cette mission était de l'accuser afin que l'approche « *accidentelle* » de Liz par le Circus puisse être utilisée pour le disculper et impliquer l'impitoyable et ambitieux Fiedler, qui devenait une menace pour Mundt.

Plus tard dans la soirée, Leamas et Liz sont libérés de prison et Mundt leur donne une voiture. Il leur dit qu'il a trouvé un endroit sûr pour qu'ils puissent franchir le mur de Berlin. Ils se rendent ensemble à Berlin mais, alors qu'ils escaladent le mur, des projecteurs les repèrent et Liz est abattue. Leamas a la possibilité de sauter vers la liberté du côté ouest du mur, mais il préfère redescendre pour se tenir près du corps de Liz, où il est également abattu.

ÉTUDE DE CARACTÈRE

ALEC LEAMAS

Leamas est le chef de section à Berlin pour le Circus, le service de contre-espionnage britannique. À presque 50 ans, il est cynique, fatigué et boit probablement plus que ce qui est bon pour lui. Il a été marié mais est divorcé au début du roman et n'a pas vu son ex-femme ni ses enfants depuis un certain temps. Il est chef à Berlin depuis près de dix ans et a réussi à mettre en place un réseau d'espions en Allemagne de l'Est avant que Mundt ne devienne chef adjoint de la Abteilung et ne tue ou n'arrête la plupart des agents travaillant pour lui.

Leamas a vu beaucoup de gens se faire tuer et trahir, et son point de vue sur l'espionnage est brutal : « Vous pensez que les espions sont des prêtres, des saints et des martyrs ? C'est un sordide cortège d'imbéciles vaniteux, de traîtres aussi, oui. Des tapettes, des sadiques et des ivrognes, des gens qui jouent aux cow-boys et aux Indiens pour égayer leur vie pourrie » (chapitre 25, *Le Mur*). Cependant, lorsque Leamas rencontre Liz Gold, il voit une chance de quitter enfin le monde des espions et de l'espionnage, de revenir à une vie normale et de « revenir du froid » (chapitre 2, *Le Cirque*).

Aussi cynique et sournois que son travail ait pu rendre Leamas, il essaie toujours d'être honnête avec Liz, lui disant même avant d'être envoyé en prison qu'il est sur le point d'entreprendre une mission spéciale, mais qu'il reviendra. Leamas ne se doute jamais que la mission est elle-même une fiction. Leamas a apparemment été envoyé pour saper la position de Mundt afin qu'il soit destitué par son propre peuple. Ce n'est qu'à la toute fin que Leamas réalise qu'il a été trompé et que lui et Liz seront sacrifiés pour que Mundt, qui est en fait un important agent britannique, soit à l'abri de son assistant Fiedler, qui a des soupçons : « Et soudain, avec la terrible clarté d'un homme trop longtemps trompé, Leamas comprit toute l'horrible supercherie » (chapitre 23, *Confession*).

LIZ GOLD

Liz est le seul personnage de ce roman qui réfléchit aux conséquences morales de ses actes et de ceux des autres personnages. Elle tombe amoureuse d'Alec Leamas, en partie parce qu'elle croit que, sous son apparence cynique, il est une personne attentionnée et douce. L'honnêteté de Liz est utilisée contre elle et pour aider Mundt au tribunal. Liz répond honnêtement aux questions qu'on lui pose, sans jamais se douter que des éléments comme la visite d'agents du Circus impliqueront Leamas comme agent double ou que ces mêmes agents ont compris l'intégrité inhérente de Liz et s'en serviront pour la détruire, elle et Leamas.

Lorsque Liz et Leamas sont autorisés par Mundt à s'échapper de la prison et qu'on leur donne la possibilité de s'échapper par le mur de Berlin, seule Liz voit cela comme improbable : « Je veux dire : un membre du Parti qui sait tout cela... Il ne semble pas logique qu'il me laisse partir » (chapitre 25, *Le Mur*). Elle a bien sûr tout à fait raison : ni Mundt ni le Circus ne peuvent se permettre qu'une personne dont ils ne sont pas certains de la loyauté sache que Mundt est un agent britannique. Lorsque les projecteurs s'allument alors que Leamas et Liz tentent d'escalader le mur, seule Liz est abattue. La réticence des gardes à tirer également sur Leamas lorsqu'il redescend sur le côté est du mur semble le confirmer : « Ils semblaient hésiter avant de tirer à nouveau ; quelqu'un criait un ordre, et toujours personne ne tirait. Finalement, ils ont tiré sur lui, deux ou trois coups de feu » (chapitre 26, *In From the Cold*).

HANS-DIETER MUNDT

Mundt est présenté dans ce roman comme un chasseur d'espions impitoyable et efficace, qui traque les espions britanniques en Allemagne de l'Est. Nous apprenons également qu'il a pu être (ou est peut-être encore) un nazi et qu'il est antisémite – il tourmente son subordonné tout en le torturant en murmurant « Juif... Juif » (chapitre 18, *Fiedler*). Plus tard, nous nous rendons compte que Mundt est un agent britannique, et bien que ses motivations ne soient jamais tout à fait claires, il est suggéré qu'il a été capturé lors d'un séjour en Angleterre, qu'il a fait un marché pour sauver sa propre vie et qu'il a été payé en échange de son travail pour le Circus.

FIEDLER

Fiedler est un Juif, le chef adjoint de la sécurité de l'Abteilung et un interrogateur expert. Fiedler est un idéaliste qui semble vraiment croire aux idéaux et aux objectifs du parti communiste, bien qu'il comprenne parfaitement que l'impitoyabilité, la brutalité et les mensonges sont parfois nécessaires pour atteindre ces objectifs. Il soupçonne Mundt d'être un agent britannique et travaille secrètement pour tenter de le prouver. Lorsque Fiedler réalise qu'il a été piégé par le Circus, il semble résigné et accepte son sort. Il essaie même de persuader le tribunal de laisser Liz en liberté : « Laissez-la partir. Elle ne peut pas nous dire ce qu'elle ne sait pas » (chapitre 23, *confession*), comprenant peut-être que Liz, en tant que juive, est aussi isolée dans la société britannique que Fiedler l'est dans la société allemande.

GEORGE SMILEY

Le personnage de George Smiley était déjà apparu dans les deux précédents romans de Le Carré et il joue un rôle modeste mais essentiel dans ce roman. Smiley est petit, rondouillard, inoffensif et timide. Au début du roman, on nous dit qu'il a décidé de ne pas s'impliquer dans la mission de Leamas – Contrôle dit à Leamas qu'« il trouve cela déplaisant. Il en voit la nécessité, mais il ne veut pas y prendre part » (chapitre 6, *Contact*). Cependant, c'est Smiley et un autre homme qui rendent visite à Liz Gold après que Leamas ait quitté l'Angleterre. Liz le considère comme « un petit homme gentil et inquiet » (chapitre 11, *Friends of Alec*) et elle lui fait instinctivement confiance. Cependant, il apparaît plus tard que cette visite fait partie du plan visant à trahir Leamas et Liz, un plan dans lequel Smiley doit être complice. Cela est confirmé lorsque, à la toute fin du roman, Alec Leamas est en équilibre au sommet du mur, décidant s'il doit sauter vers l'ouest, vers la liberté ou retourner à l'est où repose le corps de Liz, et la dernière voix anglaise qu'il entend est celle de George Smiley, appelant « La fille, où est la fille ? » (chapitre 26, *In from the Cold*).

CONTRÔLE

Le chef du Circus n'est connu dans ce roman que sous le nom de Contrôle. Contrôle est un personnage anodin, détaché et timide. Lorsqu'il parle à Leamas de sa mission, il note : « Nous nous la jouons, toute cette dureté ; mais nous ne sommes pas vraiment comme ça. Je veux dire... on ne peut pas rester dehors dans le froid tout le temps ; il faut revenir du froid... vous voyez ce que je veux dire ? » (Chapitre 2, *Le Cirque*). Contrôle, comme Liz, semble comprendre que le cynisme de Leamas et son apparente indifférence à la souffrance des autres sont une façade. Il dit à Leamas que cette dernière mission est une chance de revenir du froid, d'arrêter de faire semblant et de vivre une vie normale. Cependant, il apparaît plus tard que Contrôle a également menti à Leamas et l'envoie en mission en sachant que pour que la mission soit un succès, Leamas ne doit pas impliquer Mundt et être démasqué comme agent double.

ANALYSE

L'ANTIDOTE À JAMES BOND

The Spy Who Came in from the Cold a été décrit comme un changement de paradigme dans le domaine de l'espionnage. Presque tous les précédents romans d'espionnage britanniques ou américains, depuis *L'énigme des sables* (1903) d'Erskine Childers jusqu'aux romans de Ian Fleming sur James Bond, étaient écrits comme des aventures d'action pour s'évader. Ce roman est très différent. Aucun des agents de ce roman n'utilise d'armes à feu ou de gadgets d'aucune sorte. Alec Leamas n'a recours à la violence qu'à deux reprises – une fois lorsqu'il attaque un commerçant qui refuse de lui faire crédit et une fois lorsqu'il tue un garde au pavillon situé à l'extérieur de Berlin. Dans les deux cas, la violence est énergique et efficace, mais elle ne résout aucun problème pour Leamas.

Il ne s'agit pas d'une histoire d'action, mais d'un récit de subterfuges et de tromperies qui, bien qu'il s'adresse à un service de sécurité étranger, détruit aussi inévitablement le protagoniste. Alec Leamas croit qu'il fait partie d'un acte complexe de tromperie pour découvrir qu'il n'est en fait qu'un pion dans un plan encore plus sournois et trompeur. Il n'y a pas de personnages entièrement bons ou mauvais ici. Leamas semble vraiment tenir à son amoureuse Liz, mais il ne semble pas avoir de remords ou de regrets lorsqu'il tue un garde lors de son arrestation par les hommes de Mundt. George Smiley est réputé pour trouver la mission de Leamas désagréable, mais il doit savoir que sa visite à Liz Gold va compromettre la couverture de Leamas et le démasquer comme agent double.

À la toute fin du roman, Leamas entend la voix de Smiley alors qu'il est assis à cheval sur le mur de Berlin. Smiley demande des nouvelles de Liz, mais il semble que Smiley ne se soucie pas de savoir si elle est en sécurité ; il veut plutôt confirmer qu'elle est morte. C'est peut-être ce dernier acte de trahison qui incite Leamas à faire un saut suicidaire vers le côté est du mur.

UNE VÉRITABLE TROMPERIE

Le monde de l'espionnage que décrit Le Carré dans ce roman est complexe, déroutant et n'offre aucune certitude morale. Cela contrastait avec ce qui avait été fait auparavant, mais cela a également trouvé un écho auprès d'un public qui recherchait un divertissement plus sophistiqué que les pitreries de James Bond. À l'époque où ce roman a été publié, la guerre froide était à son apogée. Lors de la crise des missiles de Cuba en octobre 1962, le monde n'avait jamais été aussi proche de l'Armageddon nucléaire et la perspective d'une guerre dévastatrice semblait très possible en 1963.

L'espionnage est le moyen d'éviter une telle guerre et les gens étaient avides de savoir comment fonctionnait ce monde secret. Comme Le Carré était un agent de renseignement actif au moment de la publication de ce roman, on a supposé qu'il offrait un portrait fidèle de l'espionnage à l'ère nucléaire. Le Carré était catégorique :

le roman avait été soigneusement examiné par ses employeurs, le MI6. S'il avait été vraiment exact, a-t-il souligné, il n'aurait jamais été autorisé à aller jusqu'à la publication. Néanmoins, la connaissance qu'a Le Carré des techniques d'espionnage et des réalités de la vie d'un agent confère à ce roman un sentiment d'authenticité réaliste qu'aucun autre auteur ne peut égaler.

Qu'il s'agisse ou non d'une représentation fidèle, le Circus et des personnages tels qu'Alec Leamas, George Smiley et Contrôle étaient aussi différents que possible de tous les agents secrets de fiction qui les avaient précédés. Après *L'espion qui venait du froid*, tous les romans d'espionnage ultérieurs ont été plus ou moins influencés par son atmosphère sombre, discrète et moralement ambivalente. Cette atmosphère est soutenue par l'écriture laconique et clairsemée de Le Carré, qui laisse au lecteur le soin de remplir une grande partie des détails – le séjour de Leamas en prison, par exemple, est couvert en moins de trois pages.

L'OUEST EST LE MEILLEUR ?

L'un des thèmes les plus importants de ce roman est l'examen et la comparaison des services secrets de l'Est et de l'Ouest. Bien que chacun soutienne ostensiblement une idéologie très différente, les deux se révèlent très similaires. Des personnages comme Fiedler reconnaissent très ouvertement que le communisme exige des sacrifices, en particulier des sacrifices de la part de l'individu pour assurer le plus grand bien du parti. Le commissaire de la prison est-allemande dans laquelle elle est brièvement enfermée dit à Liz Gold : « Nous ne pouvons pas construire le communisme sans nous débarrasser de l'individualisme » (chapitre 24, *Le commissaire*).

C'était la convention acceptée dans les romans d'espionnage britanniques et américains de l'époque – le communisme était diabolique et supprimait les libertés individuelles, tandis que les démocraties occidentales étaient responsables et contraintes par des impératifs moraux. Cependant, ce roman se distingue en suggérant qu'il n'y a pas de différence fondamentale entre les services secrets de l'Est et de l'Ouest en termes d'approche ou de moralité. Le Circus trahit délibérément Leamas et Liz Gold et Leamas mentionne que dans le passé, lorsqu'un espion ennemi capturé ne peut être échangé, le Circus peut lui avoir « donné un ticket » (chapitre 20, *Tribunal*), ce qui est un euphémisme pour un meurtre extrajudiciaire.

Fiedler et Leamas sont les deux seuls agents de ce roman qui sont fondamentalement honnêtes : Fiedler parce qu'il croit en la cause du communisme, Leamas parce qu'il a dérivé vers l'espionnage et ne peut penser à rien d'autre. Tous deux sont entourés de personnes prêtes à mentir et à tricher pour atteindre leurs objectifs, tous deux sont finalement trahis et tués par leur propre camp et leur mort est utilisée pour cacher la vérité, à savoir que Mundt est un agent britannique. Fiedler dit à Leamas « Tout notre travail – le vôtre et le mien – est ancré dans la théorie selon laquelle l'ensemble est plus important que l'individu » (chapitre 12, *est)*. Le Carré a été le premier auteur à noter explicitement que l'espionnage est par nécessité une activité intrinsèquement malhonnête. Pour réussir dans l'espionnage, il faut être prêt à mentir et à trahir selon les besoins et, dans ce cas, il n'y a pratiquement aucune différence morale entre les actions des services secrets de Grande-Bretagne et de RDA. En 1963, il s'agissait d'une approche étonnamment différente.

HIER ET AUJOURD'HUI

John le Carré a ensuite écrit plus de 20 romans d'espionnage. La plupart mettaient en scène le Circus et beaucoup incluaient des personnages de ce roman, notamment George Smiley et Peter Guillam. Puis, en 2017, le Carré a publié son 24ᵉ roman, *A Legacy of Spies*. Ce dernier roman est à la fois une suite et un préquel de *L'espion qui venait du froid*. Il est raconté du point de vue de Peter Guillam, aujourd'hui retraité, qui revient sur les événements qui ont conduit à la mort de Karl Riemeck et examine plus en détail et d'un point de vue différent l'opération *Windfall*, la mission décrite dans le roman précédent.

De nombreux autres romans d'espionnage de Le Carré sont devenus des best-sellers et il reste l'un des auteurs de fiction britanniques les plus populaires. Toutefois, aucun de ses autres romans n'a eu l'impact de *L'espion qui venait du froid* et en 2005, année du 50ᵉ anniversaire des Golden Dagger Awards, ce roman a reçu la « Dagger of Daggers », le plus important de tous les romans ayant reçu cette récompense de la Crime Writers' Association.

POURSUITE DE LA RÉFLEXION

QUELQUES QUESTIONS À MÉDITER...

- Comment interpréteriez-vous la signification du titre de ce livre ?
- « Même lorsqu'il était seul, il s'obligeait à vivre avec la personnalité qu'il avait adoptée » (chapitre 13, *Épingles ou trombones*). Que nous apprend le roman sur la fluidité de l'identité ?
- Selon vous, quel personnage est le plus sympathique ? Expliquez votre réponse.
- Selon vous, pourquoi Leamas choisit-elle de tout expliquer à Liz vers la fin du roman, alors que cela la met encore plus en danger ?
- Pourquoi pensez-vous que ce livre est encore si largement lu aujourd'hui ?
- Selon vous, le Carré fait-il preuve d'un parti pris pour un système politique plutôt qu'un autre ?
- Comment résumer le personnage de George Smiley dans ce roman ?
- « *L'espion qui venait du froid* est l'œuvre d'une imagination dévoyée, poussée à bout par le dégoût politique » (John le Carré dans une interview publiée dans le journal *The Guardian*). Dans quelle mesure le roman reflète-t-il les motivations de l'auteur qui l'a écrit ?
- Comment se lirait le roman s'il était écrit du point de vue narratif de l'équivalent est-allemand de George Smiley ?

AUTRES LECTURES

EDITION DE RÉFÉRENCE

- le Carré, J. (2016) *L'espion qui venait du froid.* Londres : Penguin Modern Classics.

ÉTUDES DE RÉFÉRENCE

- le Carré, J. (2017) *Un héritage d'espions*. Londres : Viking Press.
- le Carré, J. (2013) John Le Carré : « J'étais un secret même pour moi-même ». *The Guardian.* [En ligne]. [Consulté le 6 mars 2019]. Disponible sur : < https://www.theguardian.com/books/2013/apr/12/john-le-carre-spy-anniversary>

SOURCES SUPPLÉMENTAIRES

- le Carré, J. (2016) *Le Tunnel des pigeons : Histoires de ma vie*. Londres : Viking Press.
- Sisman, A. (2015) *John le Carré : La Biographie*. Londres : Bloomsbury Publishing.

ADAPTATIONS

- Une adaptation cinématographique très réussie de ce roman est sortie en 1966, sur un scénario écrit par Paul Dehn et Guy Trosper, avec Richard Burton dans le rôle d'Alec Leamas. Le film a reçu plusieurs prix, dont les BAFTA du meilleur film et du meilleur acteur, et Burton a été nommé aux Oscars pour sa performance.

- En 2009, BBC Radio 4 a publié une adaptation radio-phonique de trois heures de *L'espion qui venait du froid*, avec Brian Cox dans le rôle d'Alec Leamas et Simon Russell Beale dans celui de George Smiley.

- Après le succès de *The Night Manager* et *The Little Drummer Girl, des* mini-séries télévisées basées sur d'autres romans de John le Carré, il a été annoncé en 2017 que le réseau américain AMC et la BBC collaboreraient à la création d'une nouvelle mini-série télévisée basée sur *The Spy Who Came in from the Cold*. Aucune date de sortie ni aucun casting n'ont été annoncés à l'heure où nous écrivons ces lignes, mais il est prévu que cette mini-série soit diffusée en 2019.

Votre avis nous intéresse !
Laissez un commentaire sur le site de votre librairie en ligne
et partagez vos coups de cœur sur les réseaux sociaux !

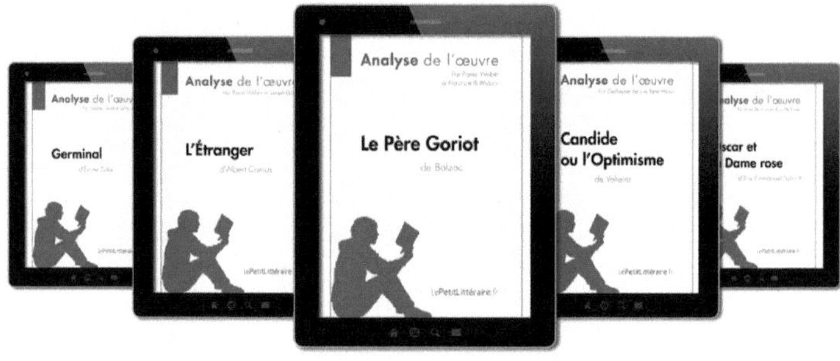

Analyse de l'œuvre
Germinal
L'Étranger
Le Père Goriot
de Balzac
Candide
ou l'Optimisme
de Voltaire
Oscar et
la Dame rose

www.lepetitlitteraire.fr

ISBN version numérique : 9782808684842
ISBN version papier : 9782808685641
Dépôt légal : D/2023/12603/1064

Conception numérique : Primento,
le partenaire numérique des éditeurs.